AF400471

La Plage d'Ostende

FichesdeLecture.com

La Plage d'Ostende
(Fiche de lecture)

I. INTRODUCTION

Jacqueline Harpman est une auteure belge née 1929 à Etterbeek. Jusque ses quinze ans, elle vit au Maroc, et est scolarisée à Rabat. En 1945, elle retourne en Belgique et commence des études de médecine à l'Université Libre de Bruxelles, mais doit les arrêter à cause d'une tuberculose. Elle publie ensuite son premier texte *L'Amour et l'Acacia*. Elle écrit plusieurs romans, puis recommence des études de psychologie en 1967. En 1976, elle rentre à la Société belge de psychanalyse. 5 ans plus tard, elle est reconnue comme psychanalyste confirmée, et recommence à écrire. Elle reçoit plusieurs prix prestigieux, dont le Rossel et le Médicis.

La Plage d'Ostende paraît pour la première fois chez Stock en 1991. Contant l'histoire d'amour étrange qui lie Émilienne Balthus et Léopold Wiesbeck, il est considéré comme « le livre le plus abouti » de Jacqueline Harpman. Il reçut le prix Point de Mire de la télévision publique belge. Le livre est intégralement raconté du point de vue d'Émilienne, qui ressasse avec douleur et joie les souvenirs de son amant. L'auteure y fait une brève apparition, fictive, en tant que membre de la bonne bourgeoisie bruxelloise.

II. RÉSUMÉ

Le livre débute par la première rencontre d'Émilienne, la narratrice, avec Léopold Wiesbeck, un peintre bruxellois. Elle a 11 ans, lui 25, et elle tombe instantanément amoureuse de lui. La scène se passe dans un salon mondain, où Émilienne accompagne sa mère. Après cet épisode, la jeune fille ne cesse de rêver au peintre. Peu à peu, elle tente de s'en approcher durant les différentes réunions de la bourgeoisie où il est invité. En même temps, elle décrit sa vie quotidienne. Elle habite avec ses parents, issus de la haute société bruxelloise, dans une maison coquette rue du Haut-Pont. Mis à part un court épisode en campagne durant la guerre, elle a toujours vécu dans cette grande bâtisse. Lentement, Émilienne se rapproche du peintre, à qui elle commence à parler, et finit par se rendre à son atelier avec sa mère. Elle y découvre Laurette, la maîtresse de Léopold, et éprouve une solide jalousie envers elle. Mais elle ne dit rien, jouant sans rien laisser paraître son rôle d'enfant bien élevé.

Peu après, le père de la narratrice achète une grande maison secondaire sur les bords du lac de Genval. Émilienne, ravie, décide de donner des conseils à ses parents pour aménager la maison. La décoration est réussie à la perfection, et lors de la pendaison de crémaillère, Léopold demande à venir passer quelques jours dans la maison pour y peindre. Les parents de la narratrice acceptent, mais ils sont en vacances quand le peintre désire venir. Émilienne ne le verra donc pas. En revenant, elle fait la connaissance de Georgette, une jeune femme extravertie qui veut vite conquérir Léopold.

Très vite, la narratrice devient jalouse d'elle, mais elle part pour ses études aux États-Unis. Mais à ce moment, Mme van Aalter, une haute figure de la bourgeoisie bruxelloise, décide de marier Léopold. En effet, il a besoin d'argent pour peindre, et n'a pas de fortune personnelle. Il épouse donc Blandine, une jeune femme fragile dont il n'est pas amoureux. Mais avant cela, il se rend avec Émilienne et les habitués du salon à Ostende pour y voir la mer gelée. La narratrice l'aide alors à fabriquer une nuance de gris particulier, qu'il utilisera pour ses peintures. En rentrant, Léopold annonce qu'il voudrait encore passer quelques jours à la maison de Genval, et les parents d'Émilienne acceptent. Un jour où Léopold et elle étaient seuls dans la maison, elle décide de se faire belle devant son miroir et rentre dans l'atelier. Elle a alors 15 ans, et Léopold ne peut lui résister : il la trouve incroyablement belle et ils font l'amour sous les toits. C'est alors que naît leur formidable relation. Il peint alors *La Plage d'Ostende*, son premier et plus beau chef d'œuvre.

Durant les deux années suivantes, Léopold et Émilienne entretiennent une relation secrète, bien qu'ils se croisent tous les dimanches dans des salons mondains. Mme van Aalter découvre la supercherie, mais promet de ne rien dire. Elle lui apprend également que Laurette est aliénée dans un asile. Émilienne se résigne également à épouser un homme qu'elle n'aime pas, pour ne pas rester vieille fille. Mais elle n'aime que Léopold, qui est déjà marié... La situation rend les deux amoureux tristes, mais ils ne peuvent aller contre les convenances de l'époque. Émilienne avertit tout de même Charles, son mari, qu'elle aime un autre homme, mais celui-ci tient tout de même à l'épouser, tant elle est belle. C'est alors que revient Georgette d'Amérique, mariée, mais toujours décidée à s'emparer de Léopold. Mais celui-ci refuse à nouveau ses avances. Georgette comprend alors qu'Émilienne est la maîtresse du peintre, et est furieuse. Elle propose alors à Charles de venir travailler en Amérique, où ils avaient besoin de polytechniciens comme lui. Le mari trompé est ravi, et Émilienne est forcée de l'accompagner aux États-Unis.

Arrivée à Detroit, Émilienne est malheureuse. Quelques semaines après leur arrivée, elle rentre en Europe en mentant à son mari. Elle veut retrouver Charles à Rome, mais ils se trompent dans leurs avions, et pour finir, se retrouvent tous deux à Reykjavik. Là ils passent pour la première fois trois jours entiers ensemble, sans sortir de leur chambre. Mais Ils doivent malheureusement rentrer chez eux. À Detroit, Émilienne séduit un des prétendants de Georgette, le beau Gustave. Mais l'histoire s'emballe, et l'Américain finit par violer Émilienne dans une chambre d'Hotel, la prenant à son propre jeu. Lorsque Charles la découvre, il pense qu'elle l'a trompé volontairement, et il la viole le soir même. Elle tombe enceinte, mais ne sait pas de qui. Elle se rend chez Georgette pour savoir comment avorter, et une trêve s'installe entre les deux femmes loin de leur Europe natale.

Peu après, Émilienne et Charles rentrent en Europe car la grand-mère de la narratrice est mourante. La fille d'Émilienne portera son nom : Esther. Peu après, ils rentrent en Amérique, mais Émilienne ne supporte plus sa vie. Elle a hérité d'une forte somme de sa grand-mère et abandonne sa fille et son mari pour revenir à Bruxelles et revoir Léopold. Ce dernier est devenu un peintre reconnu internationalement. Ils se retrouvent en secret à Paris, mais la nouvelle de leur idylle se répand vite. Émilienne devient alors professeur d'histoire à Bruxelles, mais cette vie ne lui convient que moyennement. Elle décide alors de racheter un hangar, et de l'aménager en galerie d'art. Le travail est long et laborieux, mais elle y parvient grâce à l'amour inconditionnel de Léopold. La galerie ouvre et c'est un succès total : toute la bourgeoisie bruxelloise s'y rend.

Georgette revient alors à nouveau des États-Unis. Elle donne des nouvelles d'Esther et de Charles, qui s'est remarié avec une Américaine, à Émilienne. Peu après, le père de la narratrice décide de vendre la maison de Genval et achète l'hôtel Hannon, à quelques maisons de chez eux. Il le donne à Émilienne, qui s'y installe avec grand bonheur. Tout semble alors se dérouler à merveille pour la narratrice : elle a une grande et luxueuse maison, une galerie d'art, et l'amour de Léopold, qui trompe Blandine mais reste tout de même avec elle, par respect. Émilienne installe *La Plage d'Ostende* dans sa maison, qui est devenu un tableau les plus chers du monde. Quelques semaines après, sa mère meurt, de mort naturelle, tout comme Mme van Aalter. Les deux disparitions bouleversent Émilienne, d'autant plus que quelques semaines plus tard, Charles meurt et Esther décide de rejoindre cette mère qui n'a pas voulu la connaître en Europe.

Leur relation est étrange. Esther ressemble à sa mère : passionnée et cruelle. Elle devient comédienne. Plus tard Émilienne et Léopold partent en vacances en Finlande. Ils se promettent d'aller vivre à deux en Campine à leur retour. Mais lorsqu'ils reviennent, Léopold a une attaque. Émilienne passe une semaine à le veiller dans la chambre maritale, chez Blandine. Le vieux peintre meurt finalement, son amante dans ses bras, et sa femme dans une chambre éloignée. Après l'enterrement, Blandine apprend à Émilienne que Léopold lui a laissé sa maison et toutes ses peintures. Peu après, Esther tombe sur des feuillets que la narratrice gardait dans sa chambre, et où elle racontait son amour pour Léopold dés ses 11 ans. Sa fille lui avoue avoir ressenti les mêmes sentiments dès qu'elle a vu le peintre en arrivant en Europe. Émilienne finit alors sa vie dans la douleur de ne pas la terminer avec Léopold, seule avec son amour perdu.

III. PERSONNAGES

Émilienne

Bien que toute l'attention du livre soit portée sur Léopold Wiesbeck, le personnage principal est bel et bien Émilienne Balthus, la narratrice. Elle apparaît faite d'un caractère entier, qui ne change pas du début à la fin du livre. Dès l'ouverture, elle témoigne d'une grande intelligence, mais reste toujours relativement froide envers ses connaissances. Sauf Léopold, qui est le seul à pouvoir la charmer. Elle va alors mettre ses ingénieuses capacités à son service pour tenter de le conquérir. Après avoir élaboré un plan ambitieux pendant deux ans, elle parvient à ses fins grâce à un effet de surprise saisissant. Calculatrice et ambitieuse, elle n'aura jamais d'yeux et d'amour que pour son amant.

Elle ne craint en outre pas de briser quelques existences en construisant la sienne. Elle ne se soucie ainsi pas de son mari, ni de sa fille ou de l'opinion des autres femmes de la bourgeoise bruxelloise. La seule chose qui compte, c'est Léopold. Pour lui, elle se métamorphose en amante amoureuse, enflammée et passionnée. Elle perd toute raison quand elle est dans ses bras, alors qu'elle en use à l'extrême lorsqu'elle est seule. Il n'y a que son intelligence et sa vivacité d'esprit qui soient pareilles, qu'elle se trouve ou pas avec Léopold.

Léopold

Léopold Wiesbeck semble être un personnage hors du commun. Grand, calme, posé et réservé, il est surtout d'une beauté extraordinaire. Aucune femme ne peut lui résister, et il en profita sans y penser avant de tomber amoureux d'Émilienne, de quatorze ans sa cadette. C'est un peintre doué, qui va connaître la consécration mondiale, mais préfèrera toujours les grands espaces naturels aux cérémonies mondaines. Le lac de Genval, la mer d'Ostende, les paysages enneigés de la Finlande, ou sentiers peu vallonnés de la Campine... Léopold aime tout ce qui n'est pas artificiel, il possède un véritable amour de l'*authentique*.

À l'inverse d'Émilienne, il n'est pas issu de la haute bourgeoisie. Mais sa beauté lui ouvre toutes les portes, et il parvient à se faire accepter de tous sans aucun effort. Il n'aura jamais un geste déplacé, ni une saute d'humeur. Sauf avec Émilienne. Quand il se rend compte que celle-ci est forcée d'épouser un autre homme, ou qu'ils ne pourront pas vivre à deux, il apparait furieux et désemparé. Tout comme son amante, il perd sa constance et son maintien lorsqu'ils sont à deux. Mais en temps normal, il garde son sérieux et témoigne d'un respect marqué envers toute la société qu'il côtoie, même envers sa femme, qu'il trompe pourtant pour Émilienne.

Georgette

Georgette est également un personnage de l'intrigue. Même si elle ne peut s'emparer de Léopold, elle va tout de même tout faire pour le séduire. Mais lorsqu'elle constatera que toutes ses tentatives seront vaines, elle se retournera contre Émilienne. C'est elle qui convainc Charles de partir en

Amérique. C'est également elle qui pousse son mari à vérifier si elle ne le trompe pas avec Gustave. Aigrie et alcoolique, elle représente la déception des femmes qui n'ont pu avoir Léopold, et elles sont légion.

Esther

Esther est la fille d'Émilienne et Charles. La narratrice ne voulant pas d'elle, elle a grandi avec son père et sa belle-mère, mais a rejoint l'Europe dés la mort de Charles. Ambitieuse et déterminée comme sa mère, elle tombe également amoureuse de Léopold. Elle incarne la jeunesse éternelle, celle qu'Émilienne contemple à la fin de sa vie. Pourtant, leurs relations sont ombrageuses, sans doute pour marquer la différence entre les deux écoles : la nouvelle, fraîche et vive, et l'ancienne, lasse et résignée. Toutes deux sont unies par le mépris de Charles, et l'amour de Léopold.

IV. AXES DE LECTURE

Lecture psychanalytique : le mythe de Narcisse

Jacqueline Harpman est passionnée de psychanalyse, et on peut tout à fait retrouver cet élément dans son œuvre. En effet, l'un des thèmes principaux de *La Plage d'Ostende* est articulé autour du narcissisme, qui est un concept psychanalytique. Léopold est un jeune homme doté d'une beauté extraordinaire, mais qui ne semble jamais vraiment tomber amoureux avant Émilienne. Tout ce qu'il aime, ce sont les tableaux ternes, les grands espaces enneigés, le lac de Genval, la plage d'Ostende, etc. Tous ont en commun d'être gris pâle. Comme ses yeux. On comprend alors que le jeune peintre est en fait épris de lui-même. Il n'aime que ce qui lui rappelle sa propre personnalité, et son propre physique.

Mais au milieu de cet univers calme et posé qu'il affectionne tant surgit Émilienne. Au début, elle est trop jeune pour attirer son attention, et veille à ne pas mettre de couleurs trop pâles. Cependant, lorsqu'elle décide de changer, la situation évolue. En effet, la narratrice comprend qu'il faut devenir le reflet de Léopold pour le conquérir. Elle commence alors à s'habiller en gris pâle, décore la maison de Genval en cette même couleur, et devient une jeune fille tranquille et réservée. Elle essaye donc que Léopold retrouve son reflet en elle, pour l'aimer.

Et l'entreprise réussit. Plus tard, Léopold avouera l'aimer « parce qu'elle est elle », et la narratrice lui répondra simplement qu'« elle est lui ». Le jeu subtil des deux amants est ainsi basé sur cet amour qu'éprouve le peintre pour lui-même. Le thème du narcissisme est donc bel et bien développé avec brio dans ce livre. Jacqueline Harpman veut en fait donner une illustration romanesque et moderne de ce concept psychanalytique. Il est donc tout à fait possible de lire *La Plage d'Ostende* comme une entreprise à la fois littéraire et psychologique.

Une relecture de Tristan et Iseult

On retrouve plusieurs fois dans le livre des références à Tristan et Iseult. Ces personnages, issus de la lointaine mythologie celte, ont une histoire assez similaire à celle de Léopold et Émilienne. En effet, sous l'effet d'un breuvage magique, ils tombent amoureux l'un de l'autre. Mais Iseult est forcée de sa marier avec le roi Marc'h. Elle prend cependant la fuite peu après pour vivre près de son amant. Plus tard, ils sont obligés de se séparer, et Tristan épouse une autre Iseult, en essayant d'oublier son premier amour. Ils se retrouveront à la fin de leur vie, mais mourront tous les deux, par la faute de l'épouse de Tristan qui était extrêmement jalouse.

On retrouve dans cette légende des éléments de la *Plage d'Ostende* : les amants éternels, les mariages forcés, la jalousie et l'issue tragique de leur histoire. On peut donc envisager le livre d'Harpman comme une relecture de la célèbre légende. Avec quelques différences cependant, qu'une lecture plus approfondie permettrait de souligner. Il sera alors possible de dresser une liste les divergences et similitudes précises entre les deux histoires, et de comprendre la volonté littéraire de l'auteure.

La bourgeoisie décortiquée

Toute l'histoire de la *Plage d'Ostende* se déroule dans les milieux très fermés de la grande bourgeoisie bruxelloise. Jacqueline Harpman a d'ailleurs écrit un autre livre, *Du Coté d'Ostende*, qui rappelle les romans *Du Coté de chez Swann* et *Du Coté de Guermantes* de Proust, dans lesquels le célèbre écrivain raconte son enfance bourgeoise et mondaine. On comprend très vite que Harpman est très attachée aux coutumes et aux traditions de cette classe particulière. En effet, tous les gestes des personnages sont codifiés et, à part Émilienne, personne n'ose transgresser les règles. Et pourtant, il y a un malaise sous-jacent. Une sorte de volonté de liberté, qui reste coincée dans les règles strictes des salons mondains. *La Plage d'Ostende* peut donc se lire comme la description très documentée de la bourgeoisie de l'après-guerre, où l'auteure exprime cependant son point de vue mitigé. On ne sait ainsi pas, à la fin de l'ouvrage, ce qui est préférable : respecter les convenances, ou écouter son cœur. Le choix du parcours est donc laissé au lecteur.

Dans la même collection en numérique

Escadrille 80

Inconnu à cette adresse

La controverse de Valladolid

Les Vilains petits canards

Une partie de campagne

Cahier d'un retour au pays natal

Dora Bruder

L'Enfant et la rivière

Moderato Cantabile

Alice au pays des merveilles

Le faucon déniché

Une vie

Chronique des Indiens Guayaki

Je voudrais que quelqu'un m'attende quelque part

La nuit de Valognes

Œdipe

Disparition Programmée

Education européenne

L'auberge rouge

L'Illiade

Le voyage de Monsieur Perrichon

Lucrèce Borgia

Paul et Virginie

Ursule Mirouët

Discours sur les fondements de l'inégalité

L'adversaire

La petite Fadette

La prochaine fois

Le blé en herbe

Le Mystère de la Chambre Jaune

Les Hauts des Hurlevent

Les perses

Mondo et autres histoires

Vingt mille lieues sous les mers

99 francs

Arria Marcella

Chante Luna

Emile, ou de l'éducation

Histoires extraordinaires

L'homme invisible

La bibliothécaire

La cicatrice

La croix des pauvres

La fille du capitaine

Le Crime de l'Orient-Express

Le Faucon malté

Le hussard sur le toit

Le Livre dont vous êtes la victime

Les cinq écus de Bretagne

No pasarán, le jeu

Quand j'avais cinq ans je m'ai tué

Si tu veux être mon amie

Tristan et Iseult

Une bouteille dans la mer de Gaza

Cent ans de solitude

Contes à l'envers

Contes et nouvelles en vers

Dalva

Jean de Florette

L'homme qui voulait être heureux

L'île mystérieuse

La Dame aux camélias

La petite sirène

La planète des singes

La Religieuse

1984 A l'Ouest rien de nouveau

Aliocha

Andromaque

Au bonheur des dames

Bel ami

Bérénice

Caligula

Cannibale

Carmen

Chronique d'une mort annoncée

Contes des frères Grimm

Cyrano de Bergerac

Des souris et des hommes

Deux ans de vacances

Dom Juan

Electre

En attendant Godot

Enfance

Eugénie Grandet

Fahrenheit 451

Fin de partie

Frankenstein

Gargantua

Germinal

Hamlet

Horace

Huis Clos

Jacques le fataliste

Jane Eyre

Knock

L'homme qui rit

La Bête humaine

La Cantatrice Chauve

La chartreuse de Parme

La cousine Bette

La Curée

La Farce de Maitre Pathelin

La ferme des animaux

La guerre de Troie n'aura pas lieu

La leçon

La Machine Infernale

La métamorphose

La mort du roi Tsongor

La nuit des temps

La nuit du renard

La Parure

La peau de chagrin

La Petite Fille de Monsieur Linh

La Photo qui tue

La Plage d'Ostende

La princesse de Clèves

La promesse de l'aube

La Vénus d'Ille

La vie devant soi

L'alchimiste

L'Amant

L'Ami retrouvé

L'appel de la forêt

L'assassin habite au 21

L'assommoir

L'attentat

L'attrape-coeurs

Le Bal

Le Barbier de Séville

Le Bourgeois Gentilhomme

Le Capitaine Fracasse

Le chat noir

Le chien des Baskerville

Le Cid

Le Colonel Chabert

Le Comte de Monte-Cristo

Le dernier jour d'un condamné

Le diable au corps

Le Grand Meaulnes

Le Grand Troupeau

Le Horla

Le jeu de l'amour et du hasard

Le Joueur d'échecs

Le Lion

Le liseur

Le malade imaginaire

Le Mariage de Figaro

Le meilleur des mondes

Le Monde comme il va

Le Parfum

Le Passeur

Le Petit Prince

Le pianiste

Le Prince

Le Roman de la momie

Le Roman de Renart

Le Rouge et le Noir

Le Soleil des Scortas

Le Tartuffe

Le vieux qui lisait des romans d'amour

L'Ecole des Femmes

L'Ecume Des Jours

Les Bonnes

Les Caprices de Marianne

Les cerfs-volants de Kaboul

Les contes de la Bécasse

Les dix petits nègres

Les femmes savantes

Les fourberies de Scapin

Les Justes

Les Lettres Persanes

Les liaisons dangereuses

Les Métamorphoses

Les Mouches

Les Trois mousquetaires

L'étrange cas du Dr Jekyll et de Mr Hyde

L'Ile Au Trésor

L'île des esclaves

L'illusion comique

L'Ingénu

L'Odyssée

L'Ombre du vent

Lorenzaccio

Madame Bovary

Manon Lescaut

Micromégas

Mon ami Frédéric

Mon bel oranger

Nana

Ne tirez pas sur l'oiseau moqueur

Notre-Dame de Paris

Oliver twist

On ne badine pas avec l'amour

Oscar et la dame rose

Pantagruel

Le Misanthrope

Perceval ou le conte du Graal

Phèdre

Ravage

Roméo et Juliette

Ruy Blas

Sa Majesté des Mouches

Si c'est un homme

Stupeur et tremblements

Supplément au voyage de Bougainville

Tanguy

Thérèse Desqueyroux

Thérèse Raquin

Ubu Roi

Un Barrage contre le Pacifique

Un long dimanche de fiançailles

Un secret

Vendredi ou la vie sauvage

Vipère au poing

Voyage au bout de la nuit

Voyage au centre de la terre

Yvain ou le Chevalier au lion

Zadig

À propos de la collection

La série FichesdeLecture.com offre des contenus éducatifs aux étudiants et aux professeurs tels que : des résumés, des analyses littéraires, des questionnaires et des commentaires sur la littérature moderne et classique. Nos documents sont prévus comme des compléments à la lecture des oeuvres originales et aide les étudiants à comprendre la littérature.

Fondé en 2001, notre site FichesdeLectures.com s'est développé très rapidement et propose désormais plus de 2500 documents directement téléchargeables en ligne, devenant ainsi le premier site d'analyses littéraires en ligne de langue française.

FichesdeLecture est partenaire du Ministère de l'Education du Luxembourg depuis 2009.

Plus d'informations sur www.fichesdelecture.com

© FichesDeLecture.com
Tous droits réservés
www.fichesdelecture.com

ISBN: 978-2-511-02842-1

Notes :